BIBLIOTECA MARCHA CRIANÇA

TELMA GUIMARÃES CASTRO ANDRADE

TEM GENTE

ILUSTRAÇÕES
MARIÂNGELA HADDAD

editora scipione

Esta edição possui o mesmo texto ficcional das edições anteriores.
Este livro foi originalmente publicado na Coleção Em família, da editora Scipione.

Diretoria de conteúdo e inovação pedagógica Mário Ghio Júnior
Diretoria editorial Lidiane Vivaldini Olo
Gerência editorial Paulo Nascimento Verano
Edição Elza Mendes

Arte
Ricardo de Gan Braga (superv.), Soraia Pauli Scarpa (coord.) e Thatiana Kalaes (assist.)
Projeto gráfico Gláucia Correa Koller, Soraia Scarpa (adaptação)

Revisão
Hélia de Jesus Gonsaga (ger.), Rosângela Muricy (coord.), Barbara Molnar, Brenda Morais e Gabriela Lubascher Miragaia (estags.)

Iconografia
Sílvio Kligin (superv.), Cesar Wolf e Fernanda Crevin (tratamento de imagem)

CIP-BRASIL. CATALOGAÇÃO NA FONTE
SINDICATO NACIONAL DOS EDITORES DE LIVROS, RJ

A571t

Andrade, Telma Guimarães Castro
Tem gente / Telma Guimarães Castro Andrade ; ilustrações Mariângela Haddad. - 2. ed. - São Paulo : Scipione, 2015.
24 p. : il. ; (Biblioteca Marcha Criança)

ISBN 978-85-262-9807-1

1. Ficção infantojuvenil brasileira. I. Haddad, Mariângela. II. Título. III. Série.

15-25711 CDD: 028.5
CDU: 087.5

Código da obra CL 739202
CAE 553884

2018
2ª edição
7ª impressão
Impressão e acabamento:
Vox Gráfica

editora scipione

Avenida das Nações Unidas, 7221
Pinheiros – São Paulo – SP – CEP 05425-902
Tel.: 4003-3061 / atendimento@scipione.com.br
www.scipione.com.br

ESTAVA ACHANDO ESQUISITO…

SERÁ QUE COMEU MUITO BOLO , ENGOLIU

UM PIRULITO  OU UM CAROÇO DE AZEITONA ?

VAI VER VIROU CRIANÇA COMILONA!

DIZEM QUE GENTE GRANDE É ASSIM: NASCE, CRESCE,

FICA GRANDE, VIRA ADULTO, VIRA CRIANÇA MIMADA...

VAI VER VIROU CRIANÇA COM FOME DE MARMELADA!

GANHEI CHOCOLATE 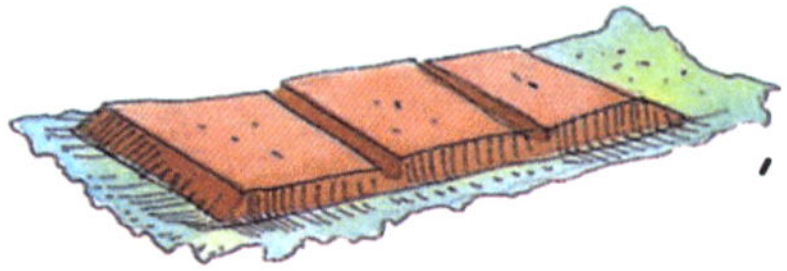, PIPOCA E

BOMBOM .

FICOU OLHANDO 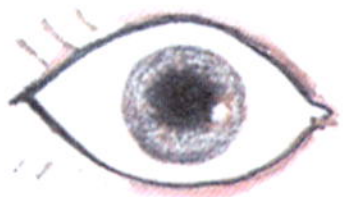 PRA MIM E ABRIU UM

BOCÃO 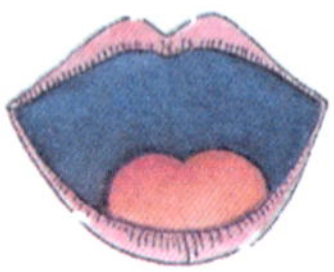:

— TÔ COM FOME DE UM BOM FILÉ MIGNON 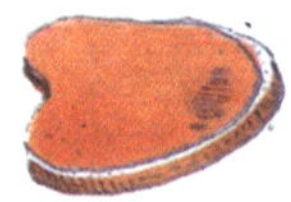.

VAI VER VIROU CRIANÇA SEM UM PINGO  DE

BOM-TOM !

FUI BRINCAR DE PEGA-PEGA, ESCONDE-ESCONDE,

AVIÃO 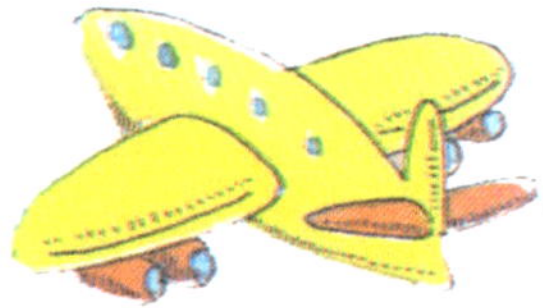.

CORREU, ESCONDEU E VOOU EM MARCHA LENTA, ATÉ QUE

FICOU SONOLENTA E DEITOU NO MEU COLCHÃO.

FOI QUANDO PEGOU MINHA MÃO 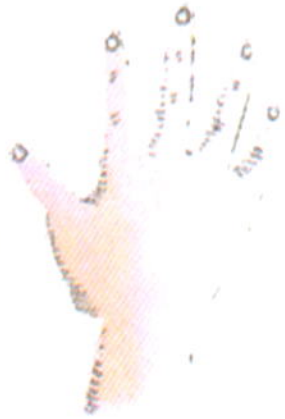 E PASSOU

NA SUA BARRIGA...

COLEI 

MEU OUVIDO EM CIMA E OUVI A BATIDA.

NOSSA!... NO CORPO DELA DEU BRIGA!

EU NUNCA OUVI CORAÇÃO  BATENDO BEM

NO MEIO DA BARRIGA!

PERGUNTOU SE EU QUERIA OUVIR DIREITO.

RESPONDI QUE MAIS PARECIA O ECO DO CORAÇÃO...

— SERÁ QUE EU POSSO ESPIAR  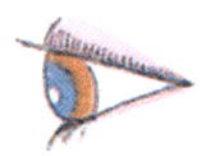, PELO UMBIGO,

DE ONDE VEM O BARULHÃO?

VAI VER VIROU CRIANÇA SÓ DENTRO DO SEU

CORAÇÃO  !

EXPLICOU QUE NOSSO UMBIGO É JANELA 

BEM FECHADA, MAS QUE, PASSANDO A

MÃO 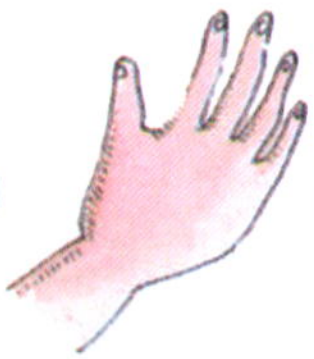 NA BARRIGA E ESCUTANDO EM SILÊNCIO,

EU IA OUVIR, MUITO ALÉM, O MEU, O DELA E O

CORAÇÃO DO NENÉM!

TOC
TOC
TOC
TOC

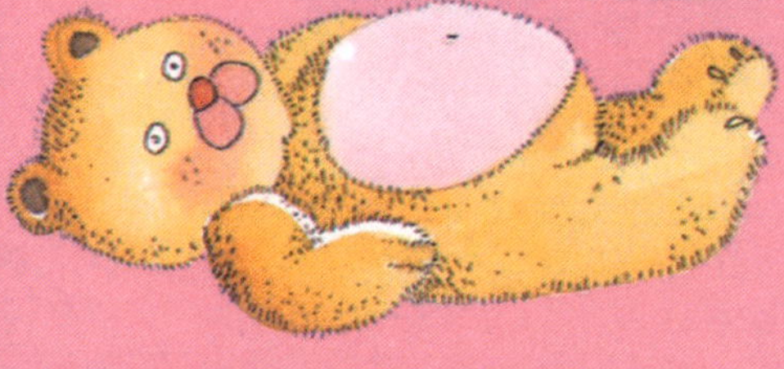

NO COMEÇO TIVE RAIVA, CIÚME, IRRITAÇÃO.

MAS DEPOIS FIQUEI COM PENA  !

DA JANELA DA BARRIGA, ELE DEVIA TER VONTADE

DE COMER PELO MENOS UM PEDAÇO DO MEU PÃO COM

REQUEIJÃO 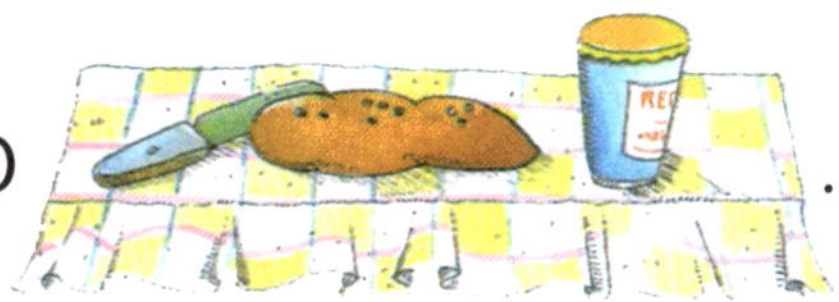 .

ASSIM QUE ELE NASCEU, LEVEI PRA ELE PROVAR TUDO AQUILO QUE ME VIU EXPERIMENTAR.

MINHA MÃE VIROU CRIANÇA DE NOVO: O RISO SE MISTURANDO COM O CHORO.

NÃO SEI POR QUE TANTA RISADA... SÓ PORQUE QUIS DAR PRA ELE SORVETE DE CHOCOLATE , PIRULITO , BOMBOM  E QUEIJO COM GOIABADA  ?!!!

TÁ CERTO QUE O NENÉM NÃO PÔDE COMER AS COISAS

QUE EU LEVEI... PORQUE NA BOCA 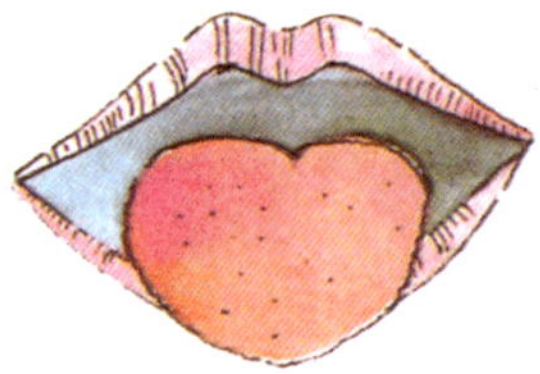, COITADO,

NEM UM DENTE 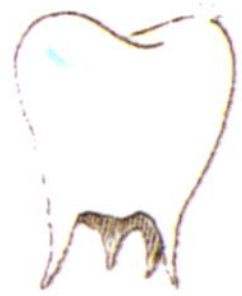 ELE TEM.

MAS, SE TIVESSE ESPIADO PELA JANELA-FECHADURA,

ELE TERIA PEDIDO:

— ME TRAZ UMA DENTADURA 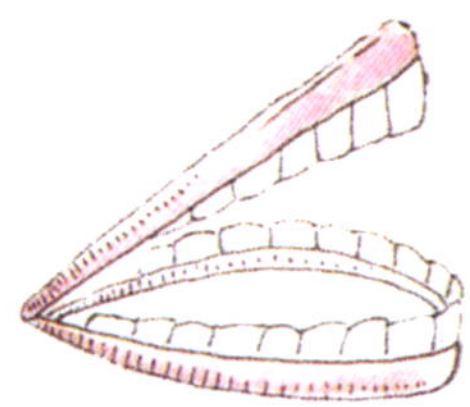 ?

VAI VER ESSE NENÉM — QUE É DELE, DELA E TAMBÉM

MEU — VAI SER LEVADO, SAPECA, COMILÃO E BRINCALHÃO...

ASSIM COMO EU, SEU IRMÃO!